KB157796

韓國의 漢詩 37

# 雲楚 金芙蓉 詩選

한국의 한시 37

# 운초 김부용 시선

허경진 옮김

평민사

옮긴이 **허경진**은 연세대학교 국어국문학과를 졸업하고,
같은 대학원에서 문학박사 학위를 받았다. 목원대학교 국어교육과 교수와
열상고전연구회 회장을 거쳐, 연세대학교 국문과 교수를 역임했다.
《한국의 한시》총서 외 주요저서로는《조선위항문학사》,《허균 평전》,
《허균 시 연구》,《대전지역 누정문학연구》,
《성호학파의 좌장 소남 윤동규》등이 있고,
옮긴 책으로는《연암 박지원 소설집》,《매천야록》,
《서유견문》,《삼국유사》,《택리지》,《허난설헌 시집》,
《주해 천자문》,《정일당 강지덕 시집》등 다수가 있다.

韓國의 漢詩 37

# 雲楚 金芙蓉 詩選

초        판 1쇄 발행일        1993년 4월 15일
개   정   판 1쇄 발행일        2022년 7월 5일


옮 긴 이      허경진
만 든 이      이정옥
만 든 곳      평민사
              서울시 은평구 수색로 340 〈202호〉
              전화 : 02) 375-8571
              팩스 : 02) 375-8573
              http://blog.naver.com/pyung1976
              이메일  pyung1976@naver.com
등록번호      25100-2015-000102호
ISBN         978-89-7115-024-5  04810
              978-89-7115-476-2  (set)
정   가      10,000원

　여류시인으로 이름난 기생들이 많았지만, 정작 시집을 남긴 기생들은 많지 않았다. 대개는 한 권의 시집을 엮을 만큼 작품의 분량이 많지도 않았거니와, 다른 시인들처럼 그들의 시집을 엮어줄 만한 후손이나 제자들이 없었기 때문이다. 가장 이름난 기생 황진이도 몇 편의 시조와 한시가 여기저기 떠돌아다닐 뿐이다.

　운초는 기생으로 출발했지만 김이양의 소실로 들어앉았기에 시집을 정리해줄 사람들을 만난 셈이다. 삼호정에서 함께 사귀며 시를 지었던 죽서도 남편의 도움을 받아 시집을 남겼고, 금원도 시문집을 남겼다. 운초의 경우에는 오십 년이나 차이가 나는 남편 김이양이 먼저 죽었으므로, 누가 시집을 엮어 주었는지는 확실치 않다. 그러나 그의 시가 아름다웠기에, 여러 사람들이 그의 시를 필사하여 전해 주었다.

　그는 기생이면서도 관능적이지 않았고, 또 나약하지도 않았다. 유학자 집안에 태어났다는 자부심이 있어서인지, 언제나 현실에 대해서 긍정적이고 적극적이었다. 김이양과의 관계도 존경하고 사랑하는 사이였다. 고향 성천에 대해서도 자부심이 대단하였으니, 성천의 무산 십이봉이 초(楚)나라 무산(巫山) 십이봉에서 그 이름을 따왔으므로 자신의 호까지도 운초(雲楚)라고 지은 것이다. 밤늦게 《시경》을 뒤적이며 글공부

를 했는가 하면,《황정경》을 펼쳐 놓고 글씨 공부를 하기도
하였다.

현재 전하는 운초의 시집은 여러 가지가 있지만, 어느 것
하나를 정본이라고 말하기는 힘들다. 그의 후손이 따로 없기
때문에, 유고를 책임지고 교열해서 정본으로 간행하지 못했
던 것이다. 가장 초기의 필사본이라고 생각되는 것은 규장각
에 소장되어 있는《운초당시고(雲楚堂詩稿)》이다. 200여 편밖
에 실려 있지 않은데다 흘려쓴 글씨를 알아보기가 힘들지만,
다른 필사본에서는 찾아보기 힘든 주들이 많이 덧붙여 있다.
아마도 후기로 갈수록 필사자들이 빼어놓고 베꼈던 것 같다.

이번의 시선을 엮으면서도 일차적으로는 이 시집을 대본으
로 삼았다. 다른 시집과 글자가 다르거나 제목이 다른 경우에
도, 일단은 이 시집을 기본으로 하였다.

규장작 필사본 다음으로는 연민(淵民) 선생님께서 소장하
고 계신 필사본《부용집(芙蓉集)》을 대본으로 삼았다. 이 필사
본에는 300수가 넘는 시들이 실려 있어서, 규장작본에 실리
지 않은 시들을 많이 찾아볼 수 있었다. 동오부인(桐塢主人)이
임자년에 필사한 이 시집은 글씨가 단정한데다 구절구절마다
붉은 동그라미가 그려져 있어서, 마치 그림책처럼 아름답다.
끝에는 편집자가 지은 발문(跋文)이 칠언절구의 형태로 세 수
가 실려 있다.

이 시집에서 몇 편을 보탠 뒤에는, 예전부터 널리 알려져

있던 〈층시(層詩)〉를 비롯해 두어 편을 덧붙였다. 시들은 시집에 실려 있는 차례대로 엮었다.

운초의 시선이 출간되는 것과 때를 같이하여, 그의 무덤이 있는 천안에서 운초를 기리는 행사를 준비한다는 소식이 들려왔다. 지금은 운초의 혼이 어디쯤에서 노닐고 있을는지, 이 소식을 안다면 빙그레 웃을 것이다. 운초의 생애와 시에 대하여 자세한 해설을 써준 김미란 선생께 감사드린다.

1993년 4월
허 경 진

# 차례

## 2부 규장각 필사본에 없는 시들

## 부록

# 1부

## 규장각 필사본에 있는 시들

雲楚
金芙蓉

# 봄밤

春宵

포도 그림 필갑에다 붓을 꽂으니
으슥한 병풍에 촛불 그림자도 낮아지네.
주렴 아래쪽에 달빛 물결이 일렁이더니
달은 살구꽃 서쪽으로 올라왔네.

挿筆葡萄匣、　　深屏燭影低。
下簾波不定、　　月上杏花西。

# 도영헌에서

## 倒影軒

지는 해가 무협에 걸리자
그림자들이 모두 동쪽으로 향하네.
난간 가로 술자리를 옮기자
내 몸이 푸른 물결 속에 있네.


殘日掛巫峽、　　　群陰盡向東。
欄邊移酒席、　　　身在碧波中。


■
* 〈도영헌〉이라는 집 이름은 "그림자가 거꾸로 보이는 집"이라는 뜻이다.
　평양에도 〈도영지(捯影池)〉라는 연못이 있는데, 〈도영헌〉도 연못가에
　지은 집인 것 같다.

# 기생들의 춤을 보면서

## 歡樂

성천의 붉은 기생이 푸른 비단 치마를 입었는데,
치마폭마다 봄바람이 일고 걸음걸음마다 향그러워라.
황학이며 금사자며 맞아서 춤을 추니,
강선루[1] 위에 선녀들이 내려왔구나.

成郡紅妓碧羅裳。　　　幅幅春風步步香。
黃鶴金獅迎起舞、　　　降仙樓上降仙娘。

■
1) 강선루는《성천도호부》객관 서쪽 모퉁이에 있다. 비류강을 굽어보고
　있으며, 서쪽 봉우리에는 병풍처럼 깎아 세운 기이한 봉우리들이 많다.
　—《동국여지승람》제54권

# 행화촌

## 杏花村

일엽편주를 모래밭에 대니
청산 유수가 진사의 집일세.
마을에 닿기도 전에 이름부터 좋아서
봄바람에 떨어진 꽃잎들이 뜨락에 가득해라.


輕舟一葉泊平沙。　　流水靑山進士家。
未到村中名已好、　　東風紅落滿庭花。


■

* 〈행화촌〉은 '살구꽃 핀 마을'이라는 뜻이다. 커다란 살구나무가 있어서
  이런 이름이 붙은 마을들도 많겠지만, 행화촌은 한시에서 흔히 술집으
  로 비유된다. 두목(杜牧)이 지은 〈청명시(淸明詩)〉에서 "술집이 어디쯤
  있나 물었더니, 살구꽃 핀 마을을 목동이 가리키네.[借問酒家何處有, 牧
  童遙指杏花村]"이라는 구절이 유명해지면서, 원래는 봄경치를 뜻하던
  행화촌이 술집을 뜻하게 되었다.

# 술손님에게

## 諷詩酒客

술이 지나치면 본성을 잃기 쉽고,
시를 잘 지으면 사람은 가난하게 되네.
시와 술을 비록 벗한다 하더라도,
멀리도 말고 또한 가까이도 마오.

酒過能伐性、　　　詩巧必窮人。
詩酒雖爲友、　　　不踈亦不親。

<hr />

* 갑술년(1814)에 갈촌(葛村)을 지나가는데, 여러 소년들이 말을 붙잡고
  서 시운(詩韻)을 불렀다. 그 기세가 매우 급박하기에, 입에서 시가 나오
  는 대로 불러주고 그곳에서 벗어났다. (원주)

# 부용당에서 빗소리를 들으며

芙蓉聽雨

옥구슬 일천 섬을
유리반에 쏟아 붓는구나.
알알이 동그란 모양이
물나라 신선이 빚은 환약일세.

明珠一千斛、　　遞量琉璃盤。
箇箇團圓樣、　　水仙九轉丹。

# 연광정에서
## 練光亭


긴 성을 끼고 대동강이 질펀하게 흐르는데
난간에 기대었더니 고깃배라도 탄 듯해라.
어디서 눈발이라도 떨어지는지
물 빠진 모래밭에 흰 갈매기가 내리네.


一面長城漾淏流。　　　憑欄悅若坐漁舟。
不知片雪從何落、　　　潮退平沙下白鷗。


■
* 연광정은 대동당 언덕 덕암(德巖) 위에 있다. 평양감사 허굉이 지었다.
  중국 사신 당고(唐皐)가 지은 〈연광정기(練光亭記)〉에 보면, 연광정의
  위치와 모습을 이렇게 표현하였다.
  "가마를 타고 평양성에 올라 얼마 뒤에 곧 정자에 이르니, 정자는 사면
  이 탁 트였다. 그 앞에 있는 바위를 덕암(德巖)이라고 하는데, 바위가 강
  을 의지하여 내려치는 물살을 막아준다. 성 안의 사람들이 모두 그 덕을
  입으므로, 덕암이라고 이름지었다 한다. 정자에서 왼쪽으로 삼사 리쯤
  되는 곳에 금수산이 있고, 산꼭대기에 을밀대가 있는데 매우 평탄하고
  헌칠하다. 그 위에는 산허리에 사허정(四虛亭)이 있고, 건너편에 우뚝
  솟은 봉우리가 모란봉이다. 산 밑에 부벽루가 강을 마주해 섰고, 그 아
  래에 기린굴(麒麟窟)이 있는데 동명왕이 말을 기르던 곳이라고 한다. 또
  조천석(朝天石)이라는 바윗돌이 있으니, 세상에서 전하기를 동명왕이
  여기서 말을 타고 하늘에 조회하였다고 한다. 그 앞에 능라도(綾羅島)가
  있다."

# 외로운 무덤
孤墳 三首

**2.**

차가운 매화꽃이 가지에 혼자 달려
비바람에 시달리며 고개 숙였네.
비록 땅에 떨어진다 해도 그 향기는 남아 있으니
흐늘흐늘 버들꽃에다 어찌 견주랴.

寒梅孤着可憐枝。　　殢雨顚風困委垂。
縱令落地香猶在、　　勝似楊花蕩浪姿。

# 중양절에 높은 곳에 올라

## 重陽登高

산 빛과 사람 그림자가 함께 어울렸는데
연기 낀 산천을 바라보니 만 리가 가을일세.
푸른 안개 속에는 비단빛 단풍숲이 펼쳐졌는데
노란 국화 꺾어다 노인 머리에 꽂았네.

山光人影共浮浮。　　一望風烟萬里秋。
錦色楓林蒼霧裏、　　黃花又揷老人頭。

# 강선루에 올라

登降仙樓


무산의[1] 노란 단풍잎이 늦가을을 전송하는데,
십이루에서 술잔 잡고 바람을 맞네.
만 섬이나 되는 시름을 눈으로 모두 씻어내니,
물처럼 푸른 하늘에 구름만[2] 떠 있네.


巫山黃葉送殘秋。　　　把酒臨風十二樓。
萬斛閒愁都潑雪、　　　碧天如水楚雲浮。

■
1) 흘골산(紇骨山)은 성천도호부 서북쪽 2리에 있는데, 12 봉우리가 옹기종
   기 모여 있다. 그래서 세상 사람들이 〈무산십이봉〉이라고 부른다. -《동
   국여지승람》제54권
2) 선녀의 전설이 얽힌 무산이 중국 초나라 땅에 있으므로, 구름도 초나라
   구름[楚雲]이라고 표현했다. 자신의 이름 운초(雲楚)를 가리킨다.

# 무진대에서

## 無盡臺 价川

십 리나 되는 가을 호수를 여러 산들이 에워쌌는데,
한 가락 맑은 노래를 부르며 단청 난간에 기대어 섰네.
질펀하게 다락 앞을 흘러가는 물은
큰 바다로 들어가서 물결을 이루겠지.

秋湖十里繞群巒。　　一曲淸歌倚彩欄。
浩浩臺前流水去、　　終歸大海作波瀾。

# 망미헌에서

望美軒

도호부 영문 앞에 날이 저무는데
관하의 가을빛이 비단치마에 비치네.
서울 계시는 임을 밤마다 그리던 꿈이
장안을 돌다가 날아오는 구름이겠지.

都護營門久照曛。　　　關河秋色上羅裙。
聊知夜夜朝天夢、　　　應繞長安日下雲。

■
\* 영변에 있다. (원주)

# 사절정에 올라

四絶亭 魚川

정자 이름이 사절이라니 그 또한 의심스러워라.
사절은 옳지 않고 오절이라야 마땅하리.
산수 모두 좋은 데다 풍월까지 어울린 곳.
게다가 미인까지 있으니 세상에 뛰어난 다섯일세.

亭名四絶却然疑。　　　四絶非宜五絶宜。
山風水月相隨處、　　　更有佳人絶世奇。

---

■
\* 어천에 있다. (원주)
　《동국여지승람》제54권에 의하면 사절정은 영변대도호부 개평역에 있
　다. 어천은 영변대도호부 동쪽 60리에서 흐르는 화천강의 상류인데, 적
　유령에서 흘러나온다. 어천역은 어천 북쪽 언덕에 있는데, 개평역도 어
　천역에 딸려 있으며 영변대도호부 북쪽 일백 리 되는 곳에 있다.

# 소 한 마리밖에 찾아주지 못한 옥부처

昇仙橋下魯瑟灘上有石龕呀然中安小玉佛傳
言氓有失牛者禱于佛夢告而獲牛盜牛者大恚
之擲佛江中腰折又夢告于里學究得以更安而
自後禱而無驗云

노슬탄 물가에 으슥한 바위구멍이 있어
그 안에 옥부처를 모시고 맑은 시냇물을 굽어보게 했었네.
강물 속에 떨어지고 깨어져 끝내 슬프게 하소연했으니
부처의 힘으로 겨우 소 한 마리만 찾았다네.

魯瑟灘邊石竇幽。　　中安玉佛俯淸流。
江心墮折終哀訴、　　法力纔能獲一牛。

* 원래의 제목이 무척 길다. 〈승선교 아래 노슬탄 위쪽에 돌구멍이 벌어
 져 있는데, 그 안에다 조그만 옥부처를 모셨다. 전해오는 말에 의하면,
 백성 가운데 소를 잃어버린 사람이 이 부처에게 기도했는데, 꿈속에 나
 타나서 소를 찾게 해주었다고 한다. 그러자 소를 훔친 사람이 매우 화
 를 내면서 부처를 강물 속에다 던져버려, 허리가 부러졌다. 이번에는 이
 마을 서당 훈장의 꿈속에 나타나 알렸기에, 다시 모시게 되었다. 그러나
 그 뒤부터는 기도해도 효험이 없어졌다고 한다.〉

# 임을 보내며

## 送人

봄바람 부는 역로에 실처럼 비가 내리는데,
날 저문 서루에서 〈죽지사〉를[1] 부르네.
그대 가면서 맑은 대동강 위를 보소
정전을[2] 갈던 그 시대와 옷차림이 비슷하다오.

春風驛路雨如絲。　　日暮西樓唱竹枝。
君去試看淸浿上、　　衣冠猶似井田時。

---

1) 지방의 풍속을 읊거나 남녀 간의 사랑을 노래한 칠언절구의 연작시이
   다. 우리나라에서는 조선 후기에 들어오면서 많이 지어졌다. 12가사 중
   에 하나로도 많이 불렀다.
2) 주나라 때에 농지 1리를 정(井)자 모양으로 9등분하여, 중앙의 한 구역
   을 공전(公田)으로 정하고 주위의 여덟 구역은 여덟 집안에 농사지으라
   고 사전(私田)으로 나눠 주었다. 여덟 집안이 공전을 공동으로 농사지
   어, 그 수확을 세금으로 나라에 바쳤다. 전체 수확의 9분지 1을 세금으
   로 바치는 셈이다. 은나라가 망하자 기자(箕子)가 조선으로 왔다는 전
   설과 함께, 그가 정전제를 실시했다는 자취가 평양에 남아 있다. 그러나
   평양에 있는 그의 무덤이 후세에 만들어진 것과 마찬가지로, 정전의 흔
   적도 나중에 만든 것이라고 한다.

# 평양기생 백년춘에게

贈浿妓百年春

해가 길어 꾀꼴새는 살구 그늘에서 지저귀는데
미인은 수놓은 발 깊숙이 고즈넉이 앉았구나.
끝없는 버드나무에 봄바람을 가져다가
백년의 굳은 마음을 가지마다 맺고파라.

遲遲鶯啼小杏陰。　　佳人悄坐繡簾深。
願取春風無限柳、　　絲絲綰結百年心。

# 김씨의 열녀문에다

題烈女金氏旌門

늙은 나무 거친 산에 까마귀들이 어지럽게 모여들었는데
사나운 호랑이 앞에 자기 몸을 내던졌네.
금옥처럼 정숙한 자태 빙설 같은 정조 지녔기에
내가 있는 것은 아지 못하고 다만 지아비만 알았네.

古木荒山集亂烏。　　前當猛虎遂捐軀。
金玉貞姿氷雪操、　　不知有我但知夫。

# 가을

秋事

서루에서 취하여 내려와 돌다리를 건너니,
강바람이 비를 몰아다 차가운 창문으로 들어오네.
부용 휘장 안에서 잠도 오지 않는데,
가을물 긴 하늘로 기러기 한 쌍이[1] 날아가네.

醉下西樓步石矼。　　　江風引雨入寒窓。
芙蓉斗帳淸無寐、　　　秋水長天雁一雙。

<hr />

1) 《운초당시고》나 《부용집》에는 모두 척(隻)자로 되어 있지만, 강(矼)
자나 창(窓)자와 운이 맞지 않는다. 척자와 뜻이 같으면서도 운도
맞는 쌍(雙)자를 써야 옳다.

# 새벽 창
曉窓

꿈이 깨자 성머리에는 새벽 나발소리만 슬픈데
기울어가는 반달이 시든 매화가지에 걸렸네.
《시경》을[1] 뒤적이며 향불을 사르고 앉아서
새벽하늘이 밝아올 때까지 백 번을 외웠네.

夢罷城頭曉角哀。　　半規斜月掛殘梅。
手披周雅焚香坐、　　直到天明誦百回。

■
1) 《시경》은 풍(風)·아(雅)·송(頌)의 세 부분으로 나뉘어졌으며, 국풍(國風)은 다시 주남(周南)을 비롯한 열다섯 나라의 민요로 이루어져 있다. 원문에서 말한 주아(周雅)는 《시경》에서도 「주남」과 「아」 부분이다.

# 늦은 봄날 대동강에서 배를 타고 내려가며

## 暮春舟下浿江

을밀대 버들숲에선 꾀꼴새 소리 어지럽게 들리고,
봄날이 얼마 남지 않았건만 아직 정은 다하지 못했네.
밀물이 질펀하게 밀려들어 복사꽃 잎도 물결 위에 뜨자,
미풍에 돛을 달고 평양성을 흘러 내려가네.

仙臺翠柳亂聞鶯。　　猶有殘春未了情。
朝來激灩桃花浪、　　一帆靡風下浿城。

# 송악산을 지나며

## 過松嶽山

숭양의[1] 물색이 그 옛날과 같아
피리 부는 다리 곁에는 버들가지가 늘어졌네.
하루 종일 꾀꼴새는 그치지 않고 우는데
소리 소리가 완연히 고려를 곡하네.


崧陽物色似當時。　　　　吹笛橋邊楊柳垂。
盡日黃鸝啼不住、　　　　聲聲宛是哭高麗。


■

1) 개성의 옛 이름이다. 송악산을 의지해서 고을이 생겼으므로, 지금의 개
　성을 신라 때에는 송악군이라고 불렀다.《동국여지승람》제4권에 송악
　산이라는 이름의 유래가 나온다.
　"송악(松嶽)은 개성부 북쪽 5리에 있는데, 진산(鎭山)이다. 처음의 이름
　은 부소(扶蘇) 또는 곡령(鵠嶺)이라고 하였다. 신라의 감간(監干) 팔원
　(八元)이 풍수지리를 잘 보았는데, 부소군에 이르러 산의 형세가 좋은
　데도 나무가 없는 모습을 보았다. 그래서 강충(康忠)에게 고하기를 '만
　약 고을을 산 남쪽으로 옮기고 소나무를 심어 바윗돌이 드러나지 않게
　한다면, 삼한(三韓)을 통일할 사람이 날 것이다'라고 하였다. 강충이 고
　을 사람들과 함께 산 남쪽에 옮겨 살면서, 온 산에다 소나무를 심고는
　송악(松嶽·松岳)이라고 불렀다. 또 숭산(崧山)이라 이름하고, 신숭(神
　崧)이라고도 불렀다."
　고을이 한양(漢陽)처럼 강(江)의 북쪽에 있거나, 숭양(崧陽)처럼 산의
　남쪽에 있을 때에는 고을 이름에다 양(陽)이라는 글자를 넣는다. 거꾸
　로 강의 남쪽에 있거나 산의 북쪽에 있는 고을의 이름에는 음(陰)이라
　는 글자를 넣는다. 〈숭양〉이라는 고을 이름은 정식 행정구역상의 이름
　이 아니지만, 조선시대 사람들이 개성을 송경(松京) 또는 〈숭양〉이라고
　많이 불렀다.

# 길을 가다가

途中有懷

버들개지 흩날릴 때에 유경(柳京)을[1] 떠나서
솔꽃가루 떨어질 때에 송영(松營)을[2] 지나가네.
흩날리는 꽃가루나 떨어지는 버들개지 바람에 나부끼지만
날마다 먼 길 다니는 떠돌이 인생보다는 오히려 낫겠지.

柳絮飛時別柳京。　　松花落後過松營。
飛花落絮雖飄蕩、　　猶勝浮生日遠征。

■
1) 대동강 언덕에 버드나무가 많았던 평양을 옛시인들이 〈유경〉이라고도
   불렀다.
2) 조선시대에 개성부를 송경(松京) 또는 〈송영〉이라고도 불렀다.

# 붓을 멈추며

## 停筆

하늘이 맑은 바람을 보내 시원한데다
좋은 밤이라 달그림자까지 둥글어라.
기러기는 길이 멀다 걱정하고
갈매기는 약속을 지키지 못할까[1] 두려워하네.
강가의 풀들은 의원 덕분에 알았고
산 속의 꽃들은 그림 대신에 보았네.
마음속의 일을 조용히 생각하느라고
붓을 멈추고서 구름 끝을 바라보네.

天遣淸風爽、　　　良宵月影團。
雁應愁路遠、　　　鷗亦恐盟寒。
江草因醫識、　　　山芳替畫看。
暗思心內事、　　　停筆仰雲端。

---

■
1) 한(寒)자는 헐(歇)자와 같은 뜻이다. 약속을 어기는 것을 맹한(盟寒) 또
　는 한맹(寒盟)이라고 한다.

# 새벽에 일어나서

## 曉起

울타리 아래 노란 국화가 피어
먼 하늘까지 가을빛 한 가지일세.
은하수가 기울어 북극성까지 닿고
달은 들쳐내져 서쪽 다락에 걸렸네.
돌아가는 기러기가 내 꿈을 흔들고
쓸쓸한 귀뚜라미가 나그네 시름을 자아내네.
문장은 참으로 작은 솜씨이니
내 몸 돌보려는 계책이 치졸한 걸 늦게야 깨달았네.

籬下黃花發、　　遙空一色秋。
傾河連北極、　　觖月掛西樓。
歸雁撓人夢、　　寒蛩惹客愁。
文章眞小技、　　晚覺拙身謀。

# 스스로 위로하다

## 自寬

거울 속의 여윈 얼굴이 세상 밖의 사람 같아라.
차가운 매화 그림자는 대쪽 같아라.
사람을 만나도 인간세상 일을 말하지 말라.
그래야 인간세상 탈 없이 산다네.


鏡裡癯容物外身。　　　寒梅影子竹精神。
逢人不道人間事、　　　便是人間無事人。

# 부용당

芙蓉堂

**2.**

아침에 일어난 부용이 지난 밤 비에 더 많아지고
날 개인 부용당 앞에는 제비가 못 위를 날아오르네.
깨끗한 옥구슬 천만 알들이
가냘픈 바람에 쓸려 푸른 유리 위로 쏟아지네.

朝起芙蓉宿雨滋。　　乍晴高館燕差池。
灑落珠璣千萬顆、　　微風傾瀉碧硫璃。

**3.**

맑은 노래 한 가락을 바다와 하늘이 내려주고
붉은빛 열두 난간을 달빛이 띄웠네.
운모병풍 머리 은촛불 아래에서
미인의 걸음 걸음마다 연꽃이 피어나네.[1]

淸歌一曲海天賒。　　十二紅欄泛月華。
雲母屛頭銀燭下、　　佳人步步出蓮花。

■
1) 미인이 가냘픈 발로 아름답게 걷는 모습을 비유한 말이다. 남제(南齊)
　의 동혼후(東昏候)가 땅을 파서 금으로 연꽃을 만들고는, 왕비로 하여금
　그 위를 걸어가게 하면서 "걸음걸음마다 연꽃이 피어나는구나"라고 즐
　거워 하였다. 그래서《고사성어고(故事成語考)》〈여자〉 조항에 "반비(潘
　妃)의 걸음이 송이송이 연꽃일세. (潘妃步朶朶蓮花)"라고 하였다.
　이 시에서는 부용 자신의 이름이 연꽃이라는 뜻이므로, 자신의 걸음이
　아름답다는 자랑으로 쓰였다.

# 부용화가 더 예쁘다더니
## 戲題

부용화가 곱게 피어 연못 가득 붉어라.
사람들 말하기를 내 얼굴보다도 예쁘다네.
아침 녘에 둑 위를 걷고 있노라니
사람들이 부용화는 왜 안 보고 내 얼굴만 보나.

芙蓉花發滿池紅。　　　人道芙蓉勝妾容。
朝日妾從堤上過、　　　如何人不看芙蓉。

* 부용은 운초 자신의 이름이기도 하다. 한우(寒雨)라는 기생이 송강 정
  철과 시조를 지어 주고받으면서 시조 속에다 〈찬비〉라는 자기의 이름
  을 넣거나, 소춘풍(笑春風), 매창(梅窓) 같은 기생들이 자기의 이름을 넣
  어 시를 짓는 것과 마찬가지 수법이다.

# 선교에서 달빛 속에 걸으며

仙橋步月

꽃장난하던 옛친구와 밤중에 서로 만나
비단치마에 이슬이 젖도록 함께 놀았네.
강 위에 인가는 시원하게 자리잡고
달빛 속에 연기 낀 나무들도 모두 조용해라.
작은 이슬 방울들이 영롱하게 떨어지고
어둑한 봉우리에선 학의 울음소리만 어쩌다 들리네.
새벽빛을 떨치고 돌아오니 상에는 은촛불도 다 타버려
해가 높이 떠오를 때까지 늦잠을 자겠구나.


闘花舊伴夜相逢。　　已覺羅衣把露濃。
江上人家元爽塏、　　月中烟樹盡從容。
涓珠細滴玲瓏竅、　　咳鶴潛聽黯淡峯。
拂曙歸來床燭燼、　　也應睡到日高舂。

# 해곡의 시를 받들어 화답하다

## 奉和海谷

한숨 쉬고 또 한숨을 쉬니
헛된 이름으로 이 내 일생 그르쳤네.
남의 그림을 본따 호리병박을 그리듯이[1]
제멋대로 지껄여 억지로 시 짓는 이름을 냈네.
덕인들 어찌 난초처럼 향기로우랴만
마음은 오히려 공명을 빙자했네.
다행히 군자의 가림을 입어서
손을 드리우고[2] 강마을을 거니네.

| | |
|---|---|
| 歎息復歎息、 | 虛名誤此生。 |
| 葫蘆依畫樣、 | 喁晰强詩聲。 |
| 德豈蘭芳比、 | 心猶藉孔明。 |
| 幸蒙君子庇、 | 垂手步江城。 |

■

1) 호로(葫蘆)는 호리병박이다. 〈동헌필록(東軒筆錄)〉에 보면
　"우습기도 해라, 한림원의 도학사들이여.
　해마다 호리병박을 본따서 그리는구나.
　堪笑翰林陶學士、　年年依樣畫葫蘆。"
　라는 구절이 있다. 자기의 창의력이 없이, 양식에 따라서 남의 그림을
　모방해 그리는 것을 말한다.
2) 어른 앞에서 손을 드리우고 인사하였다. 어른을 모시고 걸을 때에도 손
　을 드리우고 걸었다.

# 연천 대감의 시를 받들어 차운하다

奉次淵泉閤下

**1.**

비단창 아래서 잠이 깨니 달바퀴는 서쪽으로 지네.
한강수 풍류세월이 꿈 속에 아득해라.
숲 속에서 맑은 바람 불어 발을 걷어 올리니
마음은 적막한데 뱁새 한 마리가 깃들었네.

紗窓睡罷月輪西。　　　漢水雲烟夢裡迷。
林下淸風簾幕起、　　　芳心寂寞一鷦棲。

**2.**

산수를 시로 읊어 작은 벼루 서쪽에 놓으니
서울 남쪽의 풍류세월이 창 너머 아득해라.
성머리의 가는 버들이 오동나무 아니니
어찌 뒷날에 늙은 봉새 깃들길 바라랴.[1]

山水吟成小硯西。　　　洛南烟月隔窓迷。
城頭弱柳非梧樹、　　　豈望他時老鳳棲。

■
1) 봉황새는 오동나무에 깃들며, 죽실(竹實)을 먹는다. 오동나무가 아니라
버드나무이기 때문에 봉황새가 깃들기를 바랄 수가 없다는 뜻인데, 봉
황새는 보통 훌륭한 임금을 뜻하지만, 이 시에서는 연천대감을 뜻한다
고도 볼 수 있다.

**3.**

도회지에서 나고 자랐기에 분단장했지만
탁문군의[2] 풍모를 평소 부끄러워 하였네.
헛된 이름으로 문단에 알려졌지만
대감 보내신 글을 다 읽고는 얼굴이 붉어졌네.


生長城都粉黛中。　　　素心猶愧卓文風。
虛名浪得詞垣許、　　　覽罷華牋境面紅。


---

2) 한나라 부자 탁왕손(卓王孫)의 딸인데, 한때 과부로 살고 있었다. 가난
   한 문장가 사마상여(司馬相如)가 거문고를 타면서 사랑을 전하자, 그 거
   문고 소리에 반하여 밤중에 사마상여의 집으로 달려왔다. 사마상여의
   아내가 되었지만 아버지가 결혼을 반대하였기 때문에, 부부가 술집을
   차리고 장사하였다. 결국은 탁왕손이 이들의 결혼을 인정하고 살림을
   차려 주었다. 나중에 사마상여가 무릉의 딸을 첩으로 맞아들이려 하자,
   탁문군이 〈백두음(白頭吟)〉을 지었다. 사마상여가 그 시를 보고 자기의
   잘못을 뉘우치며 첩 맞아들이기를 단념하였다.

# 봄을 보내고서

餞春

어젯밤 들판에서 봄을 보내고 돌아와
깊은 시름 견디지 못해 술잔을 들었더니,
아직도 석류나무에 붉은 꽃이 피어 있어
때때로 울타리 넘어 찾아드는 벌 나비들이 보이네.

芳郊前夜餞春回。　　　不耐深愁强把杯。
猶有榴花紅一樹、　　　時看蜂蝶度墻來。

# 연천 상공의 운을 다시 받아
追用前韻呈淵泉相公

**3.**

당세의 문장은 이적선(李謫仙)이었는데[1]
연천 상공의 문장도 호탕해서 청련보다[2] 나아라.
눈빛 환한 밤에 차가운 매화 아래서
술 한 말을 시키고는 또 시 백 편을 짓네.[3]

當世文章是謫仙。　　淵泉浩浩出青蓮。
分明雪夜寒梅下、　　一斗呼來又百篇。

---

■
1) 당나라 천보(天寶, 742~755) 초엽에 이백이 남쪽으로 회계에 갔다가
　(도사) 오균과 함께 현종의 부름을 받았다. 그래서 이백도 또한 장안에
　이르렀다가, (풍류시인) 하지장(賀知章)을 찾아가 만났다. 하지장이 그
　의 글을 보고 탄식하면서 "그대는 (하늘에서 이 땅으로) 귀양온 선인이
　다.[子謫仙人也]"라고 말하였다. -《당서(唐書)》〈이백전(李白傳)〉

　　사명자(四明子)라는 미친 나그네가 있어
　　풍류시인 하계진으로 이름 높았지.
　　장안에서 한번 만나보더니
　　나더러 적선인(謫仙人)이라고 불렀네.
　　　- 이백 〈대주억하감시(對酒億賀監詩)〉
2) 이백의 호가 청련거사이다.《진미공필기(陳眉公筆記)》에 의하면 "이백
　이 창명현(彰明縣) 청련향(青蓮鄉)에서 태어났기 때문에, 호를 청련이라
　고 하였다"고 설명하였다. 그러나 근래 곽말약의 연구에 의하면, 이백
　은 중앙아시아 쇄엽성(碎葉城)에서 태어났다고 한다.
3) 이백은 술 한 말에 시 백 편을 짓고
　장안 시장바닥 술집에서 잠을 자네.
　　- 두보 〈음중팔선가(飲中八仙歌)〉

# 낮잠

午眠

닭은 복사꽃 핀 지붕 위에서 울고
말은 버드나무 문 앞에서 우네.
나더러 봄술을 권하는 이도 없어
지겨운 한낮에 책도 집어던지고 낮잠을 자네.

鷄唱桃花屋上、　　馬嘶楊柳門前。
無人勸我春酒、　　遲日抛書午眠。

# 가는 봄을 아쉬워하며
惜春

외로운 꾀꼴새 울기를 그치고 실비는 비껴 내리는데
저녁노을이 창에 덮이자 푸른 비단이 따뜻해라.
가는 봄 붙잡아 둘 계책이 전혀 없으니
꽃병에다 가매화나 꽂아 두어야겠네.

孤鶯啼歇雨絲斜。　　　窓掩黃昏暖碧紗。
無計留春春已老、　　　玉瓶聯插假梅花。

# 한가한 밤에 혼자 앉아서
## 閑月獨坐


이슬 차가운 은하수에 나무 그림자도 기울었는데
〈월명가〉 노래를 누구 집에서 부르나.
주렴을 드리고 《황정경》[1] 글자를 자세히 살피노라니
향등 앞에 몇 송이 꽃이 피었다가 떨어지네.


露冷銀河樹影斜。　　　月明歌吹在誰家。
垂簾細檢黃庭字、　　　開落香燈數朶花。


---

1) 양생(養生)의 방법을 설명한 도가(道家)의 책인데, 여러 가지가 있다. 수
   련하는 사람들이 많이 읽었으며, 일부러 작은 글씨로 베끼기도 하였다.

# 약산 동대에 올라
## 藥山東臺


만리 바람 받으며 높은 언덕에 오르니
들색과 산빛에 모두 이끼가 끼었네.
내 몸이 나뭇잎처럼 가벼워
눈 깜짝할 사이에 흰구름 끝까지 날아갈까봐 두려워라.


長風萬里立崔嵬。　　　野色山光盡莓苔。
却恐吾身輕一葉、　　　霎時飄落白雲隈。


---

■
* 옛기록에 이르기를, "약산의 험준함은 동방에서 으뜸간다. 겹겹이 싸인
  멧부리가 서로 사면을 에워싸, 그 모양이 쇠독과 같다"라고 하였다. 하
  늘이 만든 성이다… 약산은 (영변대도후부) 서쪽 8리에 있는 진산(鎭
  山)이다. -《동국여지승람》제54권
  둘레가 2,760보 되는 철옹산성(약산산성) 동대(東臺)에 승산창(勝山倉)
  하나가 있다.

## 연천 상공께
寄上淵泉相公

조양에서[1] 한번 헤어진 뒤로 산천이 가로막혀
주렴 안이 침침한 채로 낮에도 걷지를 않았네.
달은 생각도 없이 가볍게 문으로 들어오고
바람은 어찌나 당돌한지 또한 자리에 불어오네.
걱정이 생기면 때도 없이 술을 따라 마시고
흥이 일어나면 시를 짓지만 끝내지 못한 것이 많아라.
다정한 이 몸이라 도리어 병 되었으니
봉래산 가자던 옛날의 약속이 구름처럼 아득키만 해라.

朝陽一別阻山川。　　簾幕沈沈晝不褰。
月不商量輕入戶、　　風何唐突又吹筵。
憂來酒或無時酌、　　興漫詩多媚了篇。
總爲多情轉多病、　　蓬萊舊約杳雲烟。

■
* 중화(中和)에서 헤어질 때에 금강산에 가자고 약속했었는데, 병 때문에
　따라가지 못하였다. 그래서 끝 구절에 그렇게 말하였다. (원주)
1) 아침해, 또는 아침해가 먼저 비치는 산의 동쪽이다. 여기서는 중화를 가
　리킨다.

# 귀성에 쫓겨와 살며

龜城謫中

**1.**

하늘끝 귀성 땅은 꿈 속에서도 멀었는데
내 무슨 일로 여기까지 와 살게 되었나.
말 삼가라는 삼함계를[1] 지키지 못했으니
분한 생각을 징계해야지 백인서(百忍書)에[2] 부끄러워라.
이웃 아낙네는 광주리에다 차조를 가져 오고
머슴아이는 은어를 사서 버들가지에 꿰 오네.
때에 따라 스스로 즐기니 모두가 진경이라
반드시[3] 성천만이 우리 집은 아니라네.

■

1) 몸과 입을 삼가라는 뜻으로 절방의 벽에다 써 붙이는 글이다. 《공자가어
   (孔子家語)》에도 이 말이 나온다.
   "공자가 주나라를 보러 갔다가 태조 후직(后稷)의 사당에 들어갔더니,
   묘당 오른쪽 계단 앞에 금인(金人)이 있었다. 그 입을 세 번이나 봉하였
   는데, 그의 잔등에 새기기를 '옛날에 말을 삼갔던 사람'이라고 하였다."
2) 당나라 고종 인덕 2년(665)에 장공예(張公藝)라는 사람이 9대가 함께
   살았다. 제나라, 수나라, 당나라가 모두 그의 집에다 정려문을 세워 주
   었다. 고종이 수장을 지나다가 그의 집을 찾아가서, 9대가 함께 살 수
   있는 방법을 물었다. 그랬더니 장공예가 '참을 인(忍)자' 100여 자를 써
   서 바쳤다. 고종이 착하게 여기고, 비단을 내렸다. - 《자치통감》〈당기
   (唐紀)〉
3) 규장각 필사본에는 불(不)자로 되어 있지만, 뜻이 통하지 않는다. 다른
   본들을 참고하여 필(必)자로 고쳤다.

天末龜陰夢寐踈。　　嗟吾何事謫來居。
愼言未服三緘戒、　　懲忿還慙百忍書。
隣婦提筐供玉秝、　　社童貫柳買銀魚。
隨時自適皆眞境、　　非必成都是吾廬。

## 2.
부럽구나 기러기야 너는 형제가 있어서
서로 함께 마음대로 남북을 날아다니네.
바람 만나고 물결에 놀라 지난 일을 슬퍼하고[4]
벌집에서 꿀 흘리며 후생을 기다렸네.
잘못된 줄 알았으면 늦은 게 아니라지만
내 자신이 가여워라, 끝내 무엇을 이룰건가.
천 오리 만 오리가 얽히어 구르는데
막힌 곳에 이르자 오히려 다 깨닫겠네.

▪
4) 운초가 자신의 운명을 물었더니 "꽃방석에서 손님들에게 잔치를 베풀
다[花氈宴客]", "물결 위에서 노를 젓다가 바람을 만나다[浪楫逢風]",
"벌집에서 꿀을 흘리다[蜂房流蜜]"라는 세 구절로 대답해 주었다. 그가
초년에 기생 노릇을 했기 때문에 초년 구절은 맞았지만, 중년과 말년은
아직 겪어보지 못해서 알 수가 없었다.

羨爾飛鴻有弟兄。　　相隨隨意北南征。
遇風驚浪傷前事、　　流蜜峰房待後生。
始覺知非猶未晚、　　自憐要好竟何成。
千絲萬緒交回轉、　　窮處還爲達土情。

# 귀성에서 돌아오다가 한밤중 연광정에 올라

庚寅歸自龜城適時浿上夜登練光亭有懷淵泉
老爺寄上一絶

내 몸이 바람 앞에 나뭇잎처럼 흩날려
한밤중 높은 다락에 혼자서 올랐지요.
헤어진 뒤에도 산천은 옛모습 그대로인데
얼어붙은 강 차가운 달빛 속에 빈 배만 매여 있네요.

身如風葉感颼颼。    午夜迢迢獨倚樓。
別後山川依舊在、    氷江雪月繫虛舟。

* 귀성에 쫓겨나 있던 운초가 경인년(1830)에 집으로 돌아오다가, 평양
  연광정에 올라서 연천 상공에게 느낌을 지어 보낸 시이다. 운초는 이때
  부터 김이양이 죽기까지 15년 동안 그와 함께 살았다.

# 지는 매화

落梅

옥 같은 얼굴 얼음 같은 살결이 애틋하게 여위었는데,
봄바람에 열매 맺고 푸른 가지도 돋았네.
그치지 않고 봄소식을 알려 주니
인간세상의 한스런 이별보다 오히려 나아라.

玉貌氷肌冉冉哀。　　　東風結子緣生枝。
纏綿不斷春消息、　　　猶勝人間恨別離。

# 산마을을 지나다가
過山村

흐르는 시냇물에 꽃이 떨어지니 천태산 같아
천 척 높은 바위까지 우뚝 솟았네.
사방을 둘러봐도 산이 텅 비어 말소리는 들리지 않고
숲에서 바람이 불어와 비 오는 소리를 내네.

花落流水似天台。　　千尺危岩屹古臺。
四顧山空人語絶、　　林風吹作雨聲來。

# 빗속에 느낌을 쓰다

雨中書懷

성천을 한번 떠난 뒤로 그리움은 하염없는데
뜨락의 꽃은 비처럼 뚝뚝 떨어지는구나.
처마 밑의 까치 소리에 게으른 꿈을 깨고 보니
꿈속에 고향 가던 길이 실낱처럼 또렷해라.

一別成都惱遠思。　　　庭花如雨適霏霏。
簷鵲數聲慵罷夢、　　　夢中歸路細如絲。

# 스스로 비웃다

自嘲

**1.**

시를 지어도 화예부인과<sup>1)</sup> 나란하기 어려우니
문장이라고 어찌 경번과<sup>2)</sup> 같으랴.
헛된 명예가 참으로 나를 속였으니
자주 서울만 오르내렸네.

詞難花藥併、　　　文豈景樊同。
浮譽眞欺我、　　　頻繁到洛中。

<hr>

1) 후촉주(後蜀主) 맹창(孟昶)의 왕비이다. 궁사(宮詞) 100수를 지었다.
2) 선조 때의 여류시인 허난설헌(1563~1589)의 자이다. 이름은 초희(楚姬)이고 호가 난설헌(蘭雪軒)인데, 경번(景樊)이라는 자는 부부가 신선이 된 번부인(樊夫人)을 사모하여 지었다고 한다.

**2.**

바느질 그릇은 붓통으로 아울러 쓰고
누에치기 대신에 글씨 쓰기를 일삼았네.
마음 내키면 책갑을<sup>3)</sup> 펼치지만
책 늘어 놓고 베끼기는<sup>4)</sup> 싫어한다네.

針筐兼筆架、　　蠶事代蝌書。
意到披緗帙、　　還嫌獺祭魚。

3) 누르스름한 [緗] 헝겊으로 책갑을 만들었다.
4) 수달은 물고기를 잡아서 늘어놓는 버릇이 있는데, 마치 사람들이 제사
　음식을 늘어놓은 것처럼 보인다. 그래서 달제어(獺祭魚)라고 하는데, 글
　을 지으면서 남의 책을 죽 늘어놓고 여기저기서 베끼는 버릇을 비유한
　것이다.

62

# 가을날의 생각
秋思

서리 기운이 부옇게 옥형에[1] 덮였는데
고요한 가운데 앉아서 퉁소 소리를 듣네.
차가운 창에 달빛이 비쳐 고향생각이 나는데
짧아진 머리털로 세월 가는 걸 알겠네.
꿈속에선 모든 인연이 눈처럼 피어나지만
병든 몸 우스워라, 어느 날에야 맑아지려나.
옛날에 오르던 곳을 멀리서 보며 탄식하니
누런 잎에 바람 부는데 성만[2] 우뚝 솟았구나.

霜氣玄玄徹玉衡。　　坐聞虛籟寂中生。
寒窓自照思鄕月、　　短髮偏知感序情。
睡裏萬緣如雪潑、　　病餘一笑比何淸。
遙憐昔日登高處、　　黃葉颼颼屹骨城。

■
1) 옥으로 만든 천문관측기를 옥형이라고 하는데, 여기에서는 북두칠성 가
운데 다섯 번째 별을 뜻하는 것 같다.
2) 원문의 흘(屹)은 흘(紇)인 듯하다. "흘골산성은 강선루 서쪽에 있는데,
세상에서 전하기를 송양(松讓)이 쌓은 것이라고 한다. 일천 명의 군사
를 수용할 수가 있으며, 비류강 물이 그 밑을 안고 돈다. 고려 태조 때에
돌로 고쳐 쌓았는데, 둘레가 3,510자에다 높이가 5자이다. 군대 창고가
있고, 또 궁궐의 옛터가 있다."-《동국여지승람》제54권〈성천도호부〉

# 이른봄

早春

가랑비에 엉킨 안개가 저녁 들며 개이자
참새들은 좋아라고 처마 끝에서 울어대네.
화창한 봄 날씨에 초목들은 자라나고
쇄락한 기운이 강산을 새로 씻었네.
바느질할 생각도 없이 마음이 산란해서
여기저기 손 가는 대로 책장을 뒤적이네.
시름은 나날이 게으름과 더불어 쌓이니
꽃바람이 성 안에 가득 불어오면 어찌할거나.


細雨和烟向晚晴。 　　喜晴鳥雀繞簷鳴。
潛滋卉木絪縕氣、 　　新刷江山灑落情。
針線無心從散亂、 　　床書漫閱任縱橫。
閒愁日與春傭積、 　　將奈花風吹滿城。

# 늦은 봄에 동문을 나서며

暮春出東門

날은 길고 산은 깊어 풀향내 짙어졌으니
봄이 가버린 길이 묘연해 찾아내지 못하겠네.
그대에게 묻노니 이내 몸이 무엇 같던가
저녁노을 하늘 끝에 외로운 구름만 보이네.

日永山深碧艸薰。　　日春歸路杳難分。
借問此身何所似、　　夕陽天末見孤雲。

# 오강루에서

五江樓

**1.**

한 평생 신세가 기러기떼 갈리듯 했으니
남포의 뱃노래를 어찌 들을 수 있으랴.
하루 찼다가 비는 것을 옛나루에서 보았고
백 년의 걱정과 즐거움은 진군에게서 들었네.
산 위에는 해 돌아 붉은 햇무리가 둘렸는데
바다 기운이 공중에 떠 푸른 구름에 맺혀졌네.
저녁 되면 서늘해지기에 자리 떨고 일어섰더니
주렴에 성긴 달빛이 어지럽게 부서지네.

平生身世雁群分。　　南浦勞歌詎可聞。
一日盈虛觀古渡、　　百年憂樂聽眞君。
峯嵐吐旭團彤暈、　　海氣浮空結翠雲。
向夕追凉仍拂席、　　半簾疎月碎紛紛。

**2.**

푸른 물 흰 모래에 달빛까지 더욱 좋은데
온 강의 낚시꾼들 노래를 부르네.
가련해라 저 뱃사람들은 이익만을 중히 여기니
꿈속에 집 생각이야 저들이 어찌 알랴.

水綠沙明月更多。　　　一江漁釣動成訶。
憐彼舟人惟重利、　　　不知愁思夢中家。

**3.**

달빛이 흐릿해서 모래밭 끝을 모르겠네.
은포가 응당 한강수에 이어졌겠지.
한 가락 맑은 퉁소 소리에 사방을 둘러보니
어딘지 모를 곳으로 목란배가 떠나네.

糢糊沙月浩無洲。　　　銀浦應連漢水流。
一曲淸簫驚四顧、　　　不知何處艤蘭舟。

# 어사또에게
奉脈監市御史北關行臺

**1.**
위세 당당한 수레와 말이 동문 밖으로 나가는데
높다란 관문 지나며 격세의 정을 느끼네.
함산의 늙은 기생들이 웃으며 맞아줄 텐데
학사의 어린아이 적의 이름을 모두들 알고 있겠지.

威遲車馬出東城。　　　關塞迢迢隔歲情。
迎笑咸山諸老妓、　　　應知學士小兒名。

# 오강루에서 한밤중 생각하다

## 五江樓夜懷

**1.**

붉은 여귀꽃이 피어 처음으로 성 밖에 나왔더니
산과 물의 모습이 더욱 새롭게 개었네.
긴 방축 버들숲에는 가을빛이 둘렸는데
나루 멀리 돛단배가 만 리 시름을 자아내네.
병든 몸이 어인 일로 임을 따라 예까지 왔나.
꿈속에 여러 생각을 끝내 이루지 못했네.
달을 보려고 난간에 기대었더니 이슬만 차가운데
고깃배 불빛이 저 멀리서 두어 곳 반짝이네.

紅蓼花開始出城。　　山容水態弄新晴。
長堤柳帶三秋色、　　極浦帆横萬里情。
病有何緣隨作伴、　　夢因多慮竟難成。
凭欄待月輕風露、　　漁火迢迢數點明。

**2.**

밤 깊고 사람 고요해 물소리만 나직한데
잠을 깨보니 무정한 달님만 서쪽에 지네.
차가운 바람에 하늘은 맑고 푸른데
구름 같은 이 마음 스스로 가여워라.


夜深人靜水聲低。　　　睡起無情月在西。
曾有冷風澄碧落、　　　自憐心緒似雲迷。

# 임진강 나루터에서

臨津

길을 가다가 옛나루에 이르렀는데
가을 시름이 다시금 떠오르니 어쩌랴.
물이 떨어져 바위 모습이 여위었고
하늘이 높아 나뭇잎은 비었네.
나그네는 먼 길만 걱정스러운데
백성들은 거친 밭이 더 걱정일세.
갈대꽃이 눈처럼 흰데
물가에다 작은 수레를 멈추었네.


我行臨古渡、　　秋思復何如。
水落岩形瘦、　　天高木葉虛。
征人愁遠道、　　民事感荒畲。
蘆荻花如雪、　　汀洲駐小車。

# 연천선생의 시를 받들어 화답하다

奉和淵泉先生


빈산의 가을빛이 맑은 밤과 어울리니
들풀의 벌레 울음이 도리어 고요하네요.
홑이불이 싸늘해서 잠도 오지 않아
비낀 달을 혼자 보니 소나무 가지 끝에 걸렸네요.


空山秋意會淸宵。　　　野艸蟲吟轉寂寥。
枕席單凉仍不寐、　　　獨看斜月掛松梢。

2부

규장각 필사본에 없는 시들

雲楚
金芙蓉

# 연천상공의 시를 삼가 차운하다

## 敬次淵泉相公

**1.**

세월이 무정해서 머리에 서리가 내리려는데
옳음과 그름 걱정과 즐거움을 모두 잊기 어려워라.
소소만큼[1] 풍류를 즐기기에는 스스로 부끄러운데다
절조도 맹광을[2] 배우지는 못했네.
삼분의 기량으로 붓과 종이를 잡고
생애의 반세상 동안 마음을 괴롭혔네.
꿈속에서 당시의 일들을 그리노라니
복잡하던 여러 모습들이 향그럽게 느껴지네.

---

1) 남제(南齊) 때 전당(錢塘)의 이름난 기생이다. 선비들만큼 글재주가 뛰어난데다, 세상에 드물 만큼 아름다웠다.
2) 후한(後漢) 때 양홍(梁鴻)의 아내이다. 뚱뚱하고 못 생긴데다, 얼굴까지도 검었다. 나이 서른이 될 때까지 짝을 찾기에 부모가 물었더니, "양홍만큼 어진 사람을 구한다"고 하였다. 양홍이 그 소식을 듣고는 맹광에게 청혼하였다. 맹광이 양홍에게 시집갔는데, 매우 화려한 옷에다 아름다운 장식을 하였다. 그랬더니 이레가 되어도 양홍이 돌아보지 않았다. 맹광이 그제서야 나무비녀에다 베옷차림으로 나왔더니, 양홍이 기뻐하면서 "이 사람이 참으로 양홍의 아내이다"라고 말하였다. 나중에 양홍과 함께 패릉산 속으로 은둔하여, 밭을 갈고 김을 매며 베를 짜서 입을 것과 먹을 것을 마련하였다.
부부 사이에 금슬이 좋으면서도, 서로 공경하였다. 양홍이 남의 절구를 찧어 먹고 살았는데, 맹광이 밥상을 내오면서 남편을 감히 쳐다보지 못하였다. 밥상을 눈썹과 나란하게 들어올려 바쳤다. 중국 역사상 이상적인 부부로 손꼽힌다.

75

歲月無情髮欲霜。　是非憂樂儘難忘。
風流自愧同蘇小、　節操何因學孟光。
伎倆三分櫻筆翰、　生涯半世惱心腸。
夢中回憶當時事、　勝狀森羅幷妙香。

# 입춘 다음날 서울에서 여러분을 모시고
## 立春翌日洛下陪諸公共賦

**1.**

여러분께서 술병을 가지고 한밤중에 찾아오시니
마치 그 옛날 백한림을 보는 것 같아라.
천한 몸이 감히 시와 그림을 말했더니
눈 속의 매화와 달이 바로 지음일세.[1]


諸公携酒夜相尋。　　　　如見當時白翰林。
賤子敢言詩畫癖、　　　　雪中梅月是知音。


---

1) 백아(伯牙)가 거문고를 타는데 높은 산에 뜻이 있으면, 종자기(鍾子期)
가 듣고서 "태산과 같이 높구나"라고 말하였다. 흐르는 물에 뜻이 있으
면, 종자기가 듣고서 "강물처럼 넓구나"라고 말하였다. 백아가 생각한
것을 종자기가 반드시 알아 맞췄다. 종자기가 죽자, "지음(知音)이 없
다"면서 백아가 거문고의 줄을 끊었다. ─《열자》〈탕문(湯問)〉편
　"소리를 알아주는 사람"이란 뜻에서 발전하여, '시를 알아주는 사람' 또
는 '속마음을 알아주는 친구'라는 뜻으로도 쓰인다.

# 강가 다락에서 칠석을 맞아
## 江樓七夕

고기잡이 노래만 들리고 사방의 산들은 사람 없는데
차마 오늘 밤을 술 깬 채로는 못 보내겠네.
무슨 일로 닭이 울어 먼동이 트려 하나.
아무 말 못하고 바라만 보다가 총총히 떠나가네.

漁歌一曲四山空。　　　不忍醒過此夜中。
何事鷄鳴天欲曙、　　　相看脈脈去悤悤。

# 강가의 밤은 고즈넉한데

江居夜寂

맑은 가을 달빛이 빈 다락에 가득 찼는데,
취한 몸으로 조용히 조그만 배에 올랐네.
차가운 강물 저 멀리로 한밤중에 무엇이 보이던가.
가벼운 바람이 갈잎에 불어와 잠자던 갈매기를 깨우네.

清秋華月滿虛樓。　　取醉從容上小舟。
遙夜寒江何所見、　　輕風吹荻起眠鷗。

# 이십 년 만에 만난 설파에게

次雪婆

**1.**

이십 년 동안 꿈 속에 그리던 사람아
하늘 끝에서 만나보니 흰 머리가 새로 났구나.
이제부턴 한 해가 저문다고 마음 아파하지 말고
한 잔 술로 이야기하며 새 봄을 보내세.

二十年前夢裏人。　　　海天相對白頭新。
從此無心傷歲暮、　　　一樽談笑別生春。

**2.**

무정하게 흐르는 물은 돌아오지도 않아,
봄바람 가을달에 그 누구와 술잔 나누었던가.
평생에 맺힌 한을 오늘밤 다 말하라지만,
저 등잔불 깜박깜박 꺼질 듯 다시 사네.

流水無情不復來。　　　春風秋月與誰杯。
今宵說盡平生志、　　　會事燈花落又開。

# 늙은 영남 기생에게
## 贈嶺南老妓

**1.**

풍진세상에 떠돌아 다니던 두추랑[1] 그대
가냘픈 노래소리가 간장을 끊어지게 하네.
예부터 미인은 불행하다고 하더니
꽃 지고 새 울 때마다 꽃다운 시절 서글퍼지네.


風埃流落杜秋娘。　　　一曲纖歌欲斷腸。
自古佳人多不遇、　　　落花啼鳥悵年芳。

■
1) 두추랑(杜秋娘)은 당나라 금릉 여자인데, 이기(李錡)의 첩이다. 이기가
　죽은 뒤에 왕궁에 들어가, 경릉(景陵: 헌종)에게 총애를 받았다. 목종(穆
　宗)이 명하여 황자부모(皇子傅姆)를 삼았는데, 장왕(璋王)이 폐하자 고
　향으로 돌아갔다. 내가 금릉을 지나는 길에 그가 가난하고도 늙은 모습
　을 보고는 느낌이 있어서 그를 위하여 시를 지었다. - 두목(杜牧)〈두추
　랑시서(杜秋娘詩序)〉. 이 시에서는 전성기가 지난 늙은 기생을 뜻한다.

**3.**
그대 영남루에 가까이 살다가
대동강[2] 무산까지 찾아와서 놀았었지.
눈 깜짝할 사이에 세월이 흘러 모두가 그림자 같은데
봄 석 달 비바람 속에 떨어진 꽃잎들이 흐르네.


娘家近住嶺南樓。　　　浿水巫山憶舊遊。
一瞥光陰渾是影、　　　三春風雨落花流。


2) 무산이 있는 비류강은 대동강의 상류이다. 압록강·청천강·예성강이 시
   대에 따라서 패수(浿水)라고 불렸다.

# 경산과 헤어지면서

敬次一碧亭後會韻別呈瓊山盈右

별도 스러지고 은하수도 기울자 주렴을 걷어 올리고
숲 너머 님 계신 곳을 멍하니 바라보네.
물가의 꽃을 꺾으려다 다시금 그리워지는데
갑자기 피리 소리 들리니 내 마음 어쩔 수가 없네.
외로운 이 가을밤을 어찌 혼자 견디랴
이슬이 내린 뜨락을 천천히 거닐어보네.
마음대로 높이 날고 마음대로 뛰노니[1]
강호의 참다운 즐거움은 새와 물고기들에게 있구나.

| | |
|---|---|
| 殘星斜漢捲簾疎。 | 悵望伊人隔樹居。 |
| 欲採汀花情未了、 | 忽聞風篴意何如。 |
| 那堪獨夜秋淸後、 | 微步中庭露下初。 |
| 隨意高飛隨意躍、 | 江湖眞樂在禽魚。 |

---

■
* 원제목이 길다. 〈일벽정후회(一碧亭後會) 시에 차운하여 경산(瓊山)과
  헤어지며 드리다〉
1) 《시경》 대아(大雅) 〈한록(旱麓)〉 편에, "솔개는 날아서 하늘에 이르고,
   물고기는 뛰며 연못에 노네. [鳶飛戾天, 魚躍于淵]"이라는 구절이 있다.
   솔개가 하늘로 나는 것이나 물고기가 연못에서 뛰는 것이 모두 자연스
   러운 도(道)의 작용이어서, 군자의 덕화가 천지간 어디에나 미친 상태
   를 노래한 것이다. 주나라 임금의 덕을 기린 시이다.

# 삼호정에서 저녁에 바라보며

## 三湖亭晩眺

맑은 강물이 곱게 모여서 거울처럼 단장하니
산은 쪽진 머리에다 풀밭은 치마 같아라.
헤어지는 나루에는 수없는 새들이 날아와 나래치고
꽃 덮인 물가에선 이름 모를 향내가 나네.
소나무 창가로 달빛이 스며들어 이불이 엷은데
오동잎 바람에 흔들리자 이슬 더욱 반짝이네.
봄 제비와 가을 기러기가 모두 약속을 지키니
미리부터 슬퍼하며 애태울 필요가 없네.

清流端合鏡新粧。　　山學峨鬟草學裳。
別浦來翔無數鳥、　　芳洲時有不知香。
松窓月入衾還薄、　　梧葉風飜露更光。
春燕秋鴻都是信。　　未須怊悵枉回腸。

# 금앵과 헤어지면서

贈別錦鶯

높은 다락에서 슬픈 노래를 부르며 헤어지니
술에 취한 채로 한 세상 살아가세나.
나무 뒤에선 매미가 가을 오기를 재촉하고
하늘 끝까지 이어진 풀밭에는 저녁노을이 더욱 붉어라.
시름이 그치지 않아 잎 위에 구름이 이는데
헤어지는 아픔 달래지 못해 술만 따르네.
우리네 인생 쉬 늙을 게 문득 깨달아지니
그대 이제 가면 어떻게 지내려나.

高樓遮莫唱悲歌。　　但願沈沈醉裏過。
隔樹淸蟬秋意早、　　連天芳草夕陽多。
閑愁不斷雲生葉、　　籬恨難禁酒動波。
頓覺吾人還易老、　　嗟君此去欲如何。

# 옛친구와 헤어지면서
## 贈別竹君故友

**1.**

강선루[1] 아래가 바로 내 고향이고
그대도 또한 평안도 옛친구였지.
노래하고 춤추던 곳에서 같이 어울려
고운 비단옷 향그럽게 차려 입으면 분간 못했지.
어느 봄날 잠깐 헤어졌다가 소식이 끊어졌는데
갈대밭에서 다시 만나니 귀밑머리 푸르스름해라.
어찌하면 이웃하여 강가에서 함께 살며
남은 생애 고기나 낚으며 마음껏 노닐 수 있을까?

| | |
|---|---|
| 降仙樓下卽吾鄕。 | 君是關西故杜娘。 |
| 影響相隨歌舞地、 | 氛氳不辨綺羅香。 |
| 烟花小別音塵隔、 | 葭蘆重逢鬢髮蒼。 |
| 安得隣居江上岸、 | 餘生漁釣好翺翔。 |

---

1) 성천도호부 객관 서쪽 모퉁이에 있다. 비류강을 굽어보고 있으며, 서쪽
   언덕에는 병풍처럼 깎아 세운 기이한 봉우리들이 있다. -《동국여지승
   람》54권

**2.**

물가에서 꽃 꺾으며 가는 배를 세워 놓고
해오라기 내리는 모래밭에서[2] 그대와 헤어지네.
술 마시고 미친 듯 노래 부르다가
다시 가을이 오면 만나자고 달 보며 약속했네.
밀려드는 강물을 보니 바다가 가까운데
높은 다락 그림자는 밤낮으로 떠 있네.
아름다운 곳에 노닐었더니 정신이 가뿐한데
죽군은 어찌 잠시도 머물지 않나.

汀花採採爲停舟。　　乍別伊人白露洲。
酒後狂歌猶過境、　　月中佳約又淸秋。
歸湖浩蕩滄溟近、　　高閣虛明日夜浮。
勝地奇遊神所保、　　竹君何不少淹留。

■
2) 연민선생 소장본대로 번역하면 "흰 이슬이 내리는 모래밭"이다. 그러나
　옛시에 '白鷺洲'가 많으므로 이렇게 번역해 보다.

# 황강에 있는 선배를 생각하며

有懷黃岡先進

꽃 피고 떨어지는 것은 사사로운 마음이 없건만
새 날고 물고기 뛰는 것은 누구를 위한 건가.
정다운 한 마디에 산은 다시 저물어 가건만
가을 되니 시름이 일어 천리 떨어진 것을 어찌 견디랴.
오늘밤 밝은 저 달을 누구와 같이 볼까
떠다니는 인생이라 만나기 힘들어라.
바람과 이슬 가득한 하늘엔 사람도 보이지 않고
갈꽃 덮인 십리 길에 강물만 아득해라.

花開花落摠無私。　　魚鳥沈浮竟爲誰。
欵乃一聲山更暮、　　那堪千里動秋思。
今宵明月與誰看、　　自是浮生好會難。
風露滿天人不見、　　蘆花十里水漫漫。

# 오라버니를 그리워하며
## 懷家兄

달빛이 다락에 드니 밤이 더욱 차가운데,
가을이라 고향집 생각 구름 끝에 닿았네.
푸른 갈대 넓은 호수에 소식조차 끊어져,
혼자 난간에 기대 새벽까지 지새우네.

月正當樓夜更寒。　　故園秋思在雲端。
蒼葭水濶音書斷、　　直到天明獨倚欄。

# 여수관 주인의 죽음을 슬퍼하며

## 悼如水觀主人

한번 간 사람은 어찌 돌아오지 못하나
가을 되니 누런 잎이 빈 산에 가득 찼네.
인정은 물과 같아 끝이 없건만
그대 혼은 정을 두고 홀로 갔구나.

逝者胡爲不復還。　　秋來黃葉滿空山。
人情如水終無極、　　之子遊魂獨去閑。

■
* 중양일(9월 9일)에 옥호(玉壺)로 옮기다. (원주)

# 임인년 대보름날 달을 보며 영감님께 부치다

## 壬寅上元對月有感寄上老爺

어디서 날아온 거울이 주렴 고리에 걸렸나
천리 고향 그리워 다락에 기대었네.
바람 이슬 쓸쓸하게 땅을 따라 멀어가고
은하수는 해맑게 나를 향해 흘러오네.
심성이 달리는 말 같아지는 게 두려우니
걱정하고 생각하는 게 모두 비둘기처럼 못났네.
만사를 생각해봐야 모두 웃음거리 뿐인데
뜬 구름 자취 없고 물만 유유히 흐르네.


何來飛鏡上簾鉤。　　千里鄕愁更倚樓。
風露凄凄隨地逈、　　星河耿耿向人流。
恐敎心性如奔馬、　　胸患身謀等拙鳩。
萬事思量還一笑、　　浮雲無迹水悠悠。


■
\* 임인년은 1842년이다.

# 일벽정에서 밤을 맞아 죽군에게
## 一碧亭夜張有感書贈竹君

편지를 부치려는데 벗이 찾아와
서로 이웃에 사니 할 말이 더욱 많아라.
풀 우거진 모래밭에는 먼동이 트고
안개 연기 일어나며 스스로 물결 이루네.
서쪽 다락 예전 놀던 곳에는 아직도 그대가 있는 것 같건만
남쪽에서 새로 단장하고 권주가를 부르겠지.
오늘밤 따라 피리 소리 호탕하고 거문고 소리 슬픈데
고요한 강 하늘 위에 달빛만 밝아라.

家書欲寄故人過。　　素抱相隣語更多。
草樹迷茫長沙曙、　　烟霞出沒自生波。
西樓舊迹猶君在、　　南國新粧進酒謌。
豪竹哀絲當此夕、　　江天寥廓月明河。

# 오강루에 몇 명이 모여서
## 五江樓小集

**1.**

세월은 물을 따라 자취없이 흘러가고
버드나무는 연기에 싸여 반이나 문을 가리네.
가볍게 취해 〈백저가〉[1]를 부르다 보니
내 마음엔 오히려 날 저무는 게 한스러워라.
비낀 햇살 속에 놀이배들은 강언덕에 들쑥날쑥
먼 숲으로 구름 돌아가니 마을이 어두워지네.
뜨락에 차가운 이슬 내리는데도 발을 걷지 않아
새벽에 산 속 달빛이 나의 혼을 녹이네.

| | |
|---|---|
| 光陰逐水去無痕。 | 楊柳烟深半掩門。 |
| 薄醉釀思歌白苧、 | 寸心猶自恨黃昏。 |
| 斜陽客帆參差岸、 | 遠樹歸雲黯淡邨。 |
| 庭露凄淸簾不捲、 | 四更山月奈銷魂。 |

■
1) 가곡 이름이다. 이백의 시 가운데도 "술에 취한 손님들이 배에 가득 타고 〈백저가〉를 부르느라고/서리 이슬이 가을옷에 스며드는 것도 아지 못했네.[醉客滿船歌白苧 不如霜露入秋衣]"라는 구절이 있다.

# 검수에서 자며

宿黔秀

추운 하늘 높이 떠서 멀리 날아가는 저 기러기
반생을 타향에서 떠돌며 사는구나.
그 누가 견딜 건가 산에는 절구소리
밝은 달 보고 짖어대는 개 울음소리를.

寒雁高飛遠。　　　浮生半異鄕。
誰堪山杵響、　　　犬吠月蒼蒼。

# 도화동 주인 노파에게

## 贈桃花洞主人老婆

성품에 맞게 꽃과 대나무를 기르고
마음 내키면 편지들을 들쳐보네.
구하는 것이 이 밖에는 없으니
불 때어 밥을 해 먹더라도 이게 참 신선이라오.

適性栽花竹、　　隨情點簡篇。
所求無外此、　　烟火是眞仙。

# 새벽에 일어나서

曉起

꿈속에서 고향 찾아갔다가
잠을 깨고는 고향 그림만 보네.
그 누가 알 텐가 천리 고향의 달이
외로운 이 내 몸 비추는 줄이야.

夜夢到成都。　　覺來看畫圖。
誰知千里月、　　偏照一身孤。

# 황강노인을 기다리며

## 待黃岡老人

### 1.

사람 더딘 강 위에는 비만 추적추적 내리는데
난간 가에 이르니 해는 벌써 져버렸네.
산빛이 어둑해서 저편 기슭을 알아보기 힘들어
외로운 배만 꿈속처럼 구름 속을 헤매이네.

遲人江上雨凄凄。　　　　行到欄邊日已西。
山色空濛難辨岸、　　　　孤舟如夢入雲迷。

### 2.

앞강에는 밤비가 내려 모래가 밀려 쌓였는데
만리 길 비껴가는 저 돛단배 내 마음과 같아라.
멀리 고향 생각하니 지금쯤은 봄이 왔을 텐데
의지 없이 시름하며 하늘 끝에 앉아 있네.

前江夜雨漲虛沙。　　　　萬里同情一帆斜。
遙想故園春已到、　　　　空懷無賴坐天涯。

■
\* 황강은 황주의 옛 이름인데, 서울에서 평안도로 가는 길목에 있다.

# 시름을 풀다

遣懷


갈대밭에 바람 일어나니 이슬이 반짝이네.
넓은 들판은 끝이 없어 끝없이 시름겹게 하네.
흘러가는 물처럼 빠른 세월을 어찌 견디랴.
봄 꽃 가을 낙엽에 이 몸만 가여워라.


蒹葭風起露華新。      平野無邊思殺人。
近水那堪如寸晷、      春花秋葉可憐身。

# 묘향산을 가는 길에서

向山道中作


떠돌이 스님이 어디에 있든지
창 아래엔 흰 구름이 머무네
장삼에는 까막까치 날아 앉고
이웃 상에는 표범도 부드러워라.
생애에 신령스런 약이 있어
얼굴빛이 가을을 알지 못하네.
밤이 고요해지면 피리를 손에 들고
용의 울음소리를 늪에서 듣네.


遊僧何處在、　　　窓下白雲留。
棲衲烏鴉信、　　　隣床虎豹柔。
生涯唯有藥、　　　顔色不知秋。
夜靜携孤竹、　　　龍吟聽古湫。

# 십오 년 정든 임을 여의고
哭淵泉老爺

풍류와 기개는 산수의 주인이시고
경술과 문장은 재상이 될 재목이셨지.
십오 년 살아오다가 오늘 눈물 흘리니
높고 넓은 덕 한 번 끊어지면 누가 다시 이으랴.

風流氣槩湖山主。　　經術文章宰相材。
十五年來今日淚、　　峨洋一斷復誰栽。

# 층계시

## 層詩


여의니
그리워,
길은 멀고
소식 늦네.
마음은 거기
몸은 여기에,
수건과 빗에는 눈물
님 오실 기약은 없네.
향각에서 종이 우는 밤
연광정에 달이 떠올랐네.
외롭게 자다 놀라 깨어난 뒤에
구름만 바라보며 임을 원망했네.
날마다 손꼽아 좋은 약속 기다리다
편지를 뜯고는 턱을 괴고 울었다네.
얼굴이 야위어 거울을 보며 눈물 흘리다
노랫소리 울먹여 사람 보면 눈물 머금네.
은장도로 여린 창자 끊기야 어렵지 않지만
신 끌고 나가서 오는 사람마다 눈여겨 보네.
아침저녁 바라보며 그리는 마음을 모르는지
어제도 오늘도 아니오니 나만 혼자 속는구나.
대동강이 육지 되면 말 타고 채찍질해 오시려는가

수풀이 강물 된 뒤에 배를 타고 건너 오시려는가.

만남은 짧고 헤어짐은 기니 세상 인정을 헤아릴 사람 없어

좋은 인연 끊기고 나쁜 인연 돌아오니 하늘뜻을 누가 알랴.

한 조각 향그런 구름 초대에 밤 되면 신녀가[1] 누구를 꿈꾸었나

맑은 달밤 진루의 통소 소리 농옥의[2] 정을 누구에게 맡겼나.

잊으려도 잊을 수 없어 모란봉에 나서니 곱던 얼굴 안타깝게 늙었어라.


■

1) 옛날 초나라 회왕(懷王)이 일찍이 고당(高唐)에 놀러 갔었는데, 피곤해서 낮잠을 잤다. 꿈속에 한 부인이 나타나서 말하였다.
　"첩은 무산의 여신인데, 고당에 놀러 왔습니다. 임금께서도 고당에 놀러오셨다는 소식을 들었기에, 잠자리를 모시고 싶습니다."
　회왕이 그를 사랑하였는데, 선녀가 떠나가면서 말하였다.
　"첩은 무산의 남쪽, 고구(古丘)의 험준한 곳에 있습니다. 아침에는 구름이 되었다가, 저녁에는 비가 됩니다." - 송옥(宋玉) 〈고당부(高唐賦)〉

2) 소사(簫史)는 진(秦)나라 목공(穆公) 때에 통소를 잘 불었던 사람인데, 목공의 딸 농옥이 그를 좋아하여 아내로 주었다. 그는 농옥에게 봉새가 우는 소리를 (통소로) 가르쳤다. 수십 년 뒤에 농옥이 통소로 봉황새 소리를 불면, 봉새가 그의 집에 와서 머물렀다. 그래서 봉대를 짓고는 부부가 그 위에 살았는데, 어느날 아침에 봉황을 따라 함께 날아가 버렸다. -《후한서(後漢書)》〈교신전(嬌愼傳)〉 주
　진나라 목공이 지어준 집을 봉루 또는 진루(秦樓)라고도 하는데, 나중에는 뜻이 바뀌어 기원(妓院)의 별칭으로도 쓰였다. 중국 민간에서는 〈진루월(秦樓月)〉이라는 제목의 사패(詞牌)와 곡패(曲牌)가 유행하였다.

생각하지 말자고 부벽루에 올랐더니 푸르던 머리까지 희게 세어버렸구나.

규방에 혼자 지내느라 내 간장 녹으려하나 삼생가약[3] 그 맹세 어찌 변하며

빈 방에 홀로 자니 눈물이 비오듯 흐르지만 백 년 곧은 마음 어찌 옮기랴.

봄꿈 깨어 죽창을 여니 밀려드는 화류소년들 모두가 내게는 무정한 손님이요

옷깃 잡고 베개를 밀며 춤과 노래를 일삼은 자들 가증스런 아이들뿐이로다.

하루 세 번 문을 나서 바라보고 바라보건만 임은 어찌 이처럼 너무나 박정하신가

천리 밖의 임을 기다리기 어렵고 어려워 슬프고 외로운 첩의 심정을 어찌 할거나.

어지신 임께서 마음 돌이켜 강 건너 돌아와서 옛 얼굴 그대로 촛불 아래서 만나주소.

연약한 아녀자 눈물 머금고 황천길 가서 슬픈 혼백이 달 속에 울려 만나지는 말게 하오.

■

3) 전생과 이승과 저승에서 계속 맺어지는 아름다운 인연이다.

別、
思。
路遠、
信遲。
念在彼、
身留茲。
巾櫛有淚、
扇環無期。
香閣鍾鳴夜、
練亭月上時。
倚孤枕驚殘夢、
望歸雲恨遠離。
日待佳期愁屈指、
晨開情札泣支頤。
形容憔悴把鏡淚下、
歌聲嗚咽對人含淚。
掣銀刀斷弱腸非難事、
躡珠履送遠眸更多疑。
朝遠望暮遠望郎何無心、
昨不來今不來妾獨見欺。
湞江成陸地後鞭馬騎來否、
長林變大河初乘船欲渡之。

見時少別時多世情無人可測、
好緣斷惡緣回天意有誰能知。
一片香雲楚臺夜神女之夢在某、
數聲良簫秦樓月弄玉之情屬誰。
欲忘難忘愁依牧丹峯可惜紅顏老、
不思自思強登浮碧樓每歎綠鬢衰。
孤處霜閨腸雖欲雪三生佳約寧有變、
獨宿空房淚從如雨百年貞心自不移。
罷春夢開竹窓迎花柳少年總是無情客、
攬香衣推玉枕送歌舞者類莫非可憎兒。
三時出門望出門望甚矣君子薄情豈如是、
千里待人難待人難悲哉賤妾孤懷果何其。
惟願寬仁大丈未決意渡江舊面燭下欣相對、
勿使軟弱兒女子含淚歸泉哀魂月中泣相隨。

# 부록

雲楚
金芙蓉

# 운초의 생애와 시

김미란*

## 1. 운초의 생애

운초(雲楚)는 평북 성천(成川) 출신의 기녀로서 주옥같은 한시 300여 편을 남긴 여성시인이다. 성은 김씨이고 이름은 부용(芙蓉)이며 운초는 호이다. 그리고 기녀 시절에는 추수(秋水)라는 이름도 썼다.

운초의 생존 연대와 행적에 대해서는 자료가 별로 남아 있지 않아서 확실하게 알기는 어렵다. 그러나 아쉬운 대로 운초의 시집에 수록되어 있는 시의 내용이나 단편적인 기록들, 그리고 그녀의 남편인 김이양(金履陽)의 행적과 대조하면서 그녀의 생애를 더듬어 보면 다음과 같다.

운초는 1800년경 평북 성천에서 태어났다. 원래 운초의 집안은 유학자 집안으로 그 고을에서는 뿌리가 있는 가문이었다. 이러한 사실은 〈중부(仲父) 일화당(一和堂)을 애도하며〉라는 시에 잘 나타나 있다.

> 우리 집은 본디 유가 집안이요
> 대대로 향리에 살아왔는데
> (중략)

■
\* 수원대 교수 역임

넓게 유불도 삼교를 섭렵하고
자유롭게 제자백가를 밟아 보았네.
그의 방기서(方伎書)에 이르기까지
그 본말 궁구하지 않음이 없었네.
(중략)
처음 탁문군(卓文君)과 설도(薛濤) 같은 재주 없어서
겨우 어자(魚字), 노자(魯字) 구별할 정도
어린 나이에 터무니없이 이름이 날린 것은
공의 가르침 아닌 것이 없었네.

　이 시에서 운초는 자신의 집안이 유학자 집안이며 중부 일
화당은 사서삼경, 제자백가뿐만 아니라 방기서(의학·음양서)
에 대해서도 해박한 분이었다고 말하고 있다.
　또 자기가 어려서 글자를 배우기 시작할 때 중부가 가르쳐
주셨을 뿐 아니라 그 덕분에 자기가 어릴 때부터 문명을 날릴
수 있었다고 술회하고 있다. 그러나 향사(鄕士) 집안 출신인
그녀가 왜 기녀가 되었는지에 대해서는 알 길이 없다. 혹 서
녀거나 경제적인 궁핍 때문이 아니었던가 하는 추측밖에 할
수가 없다.
　기녀가 된 운초는 성천에서 여러 문사, 선비들과 교유하고
지냈으며 다음과 같은 시에 그때의 모습이 잘 나타나 있다.

성도(成都)의 예쁜 기생 푸른 비단치마
굽이굽이 봄바람 걸음마다 향기롭다.
황학무(黃鶴舞)와 금사무(金獅舞)를 춤추니
강선루에 내려앉은 선녀로구나.
〈관악〉

그 후 무슨 일 때문이었는지는 모르지만 한양에 올라갔던 운초는 1825년(을유년), 그녀의 나이 25살 무렵에 고향으로 돌아왔고 5년 후인 1830년(경신년) 4월 16일에는 평북 귀성(龜城)에 갔다가 같은 해 겨울 평양으로 돌아왔다.

이때도 왜 귀성에 갔었는가 하는 것은 확실하게 알 수 없다. 단지 이때는 이미 운초가 김이양을 만난 후라는 것만을 알 수 있을 뿐이다. 왜냐하면 운초가 귀성에서 평양으로 돌아온 후 대동강변에 있는 연광정에 올라 김이양 대감을 생각하며 쓴 시가 있기 때문이다.

이듬해인 1831년에 운초는 김이양의 소실이 되었다. 김이양은 1755년생으로 호는 연천(淵泉), 안동 김문 출신이며 한성판윤을 거쳐 예조판서, 이조판서, 호조판서 등을 두루 역임한 원로정치가였고 또한 그의 손자 현근(賢根)은 순조의 부마이었으니 김이양은 임금의 사돈이 되기도 하는 등 권세와 명예를 한 몸에 지니고 있던 사람이었다.

김이양은 오랜 관직생활을 거친 후 나이도 들고 몸과 마음도 지친 때문인지 1826년, 그의 나이 72세 되던 해에 순조임금께 특별휴가 받기를 여러 차례에 걸쳐 간청하였다. 이에 순조는 김이양에게 봉조하(奉朝賀: 종2품의 벼슬을 하던 사람이 관직에서 물러난 후 받는 벼슬로서 의식이 있을때만 참예하고 봉록은 평생 받음)의 벼슬을 내리며 특별휴가를 주었다. 이때부터 17년간의 김이양의 행적은 문헌에 나타나지 않는다. 다만 그의 행장(行狀)에 그가 "산수를 즐겨서 묘당(廟堂)에 거할 때도 꽃의 아름다움과 강호 연하(煙霞)의 흥취를 잊지 못하여 마음 속으로 물러날 뜻을 갖고 있던 중 드디어 물러나게 되자 남여(藍輿)를 타고 비둘기 날 듯이 동으로는 풍악(楓岳), 서로는 묘향(妙香), 호남(湖南)과 호서(湖西)의 명소를 찾아 소요하였다"라고 한 것으로 보아 명승지를 찾아 다니며 풍류를 즐겼던 것으로 보인다. 그리고 이 유람 중 평안도에 갔을 때 운초를 만나 사랑을 하게 되고 1831년에 운초를 소실로 맞이한 것이 아닌가 생각해 볼 수 있다. 이때 김이양은 3년 전 부인인 정경부인 완산(完山) 이씨를 잃고 혼자 있던 때였다.

이때 운초의 나이는 30여 세였고 김이양은 77세였으니 두 사람의 나이 차이는 근 50여 세에 달했다. 그러나 두 사람은 많은 나이 차이가 있었음에도 불구하고 서로의 시세계를 이해하면서 깊은 애정을 지니게 된 것으로 보인다. 1832년 연천을 따라 한양으로 올라와 남산 기슭에 자리를 잡은 운초는 이후 연천은 물론이고 연천과 교분이 있었던 유명 문사들과 교유하며 그녀의 시재를 마음껏 발휘하였다. 그리고 이때 연천과도 많은 애정시를 주고 받은 것은 물론이다.

《운초집》에는 운초가 연천에게 보내는 사랑의 시가 여러 편 있으며 또한 김이양 문집에는 연천이 운초에게 주는 시가 수록되어 있어서 그들의 나이를 뛰어넘는 사랑과 시를 통한 정신적 교감을 느낄 수 있다.

1843년(계묘년) 2월에 연천 김이양은 사마회갑(司馬回甲)을 맞게 된다. 사마회갑이란 과거에 급제한 지 60년이 되는 해를 기념하는 것으로 관직과 수(壽)를 겸비해야만 누릴 수 있는 명예스러운 것이다. 이때를 맞아 김이양은 오랜만에 대궐에 들어가 헌종을 배알하고 임금으로부터 하사품을 받는 영광을 얻었다. 그리고 이 해 김이양은 자신과 가문의 영광을 조상들께 고유(告由)하기 위해 성묫길에 나서서 홍주(洪州: 지금의 홍성), 결성(結城), 천안(天安) 등 삼군(三郡)을 순행하였는데 이때 운초를 부인의 자격으로 데리고 갔다. 그리고 이때 천안군 광덕면(廣德面)에 있는 김이양의 부인 묘소에도 들렀는데 운초는 정경부인

112

이씨의 무덤 앞에서 "좀 더 사셨더라면 이러한 영광을 누리셨을 텐데"라고 하며 애석해 하는 글을 남기고 있다.

고향에 다녀온 다음 해인 1844년(갑진년) 10월에 연천은 감기에 걸려 몸이 평안치 못하였다. 워낙 고령인 관계로 별 차도가 보이지 않더니 그 이듬해인 1845년(을사년) 5월, 연천은 91세의 나이로 세상을 떠났다.

운초는 마지막으로 〈연천노야(淵天老爺)를 곡(哭)하며〉라는 시를 남겼고 이후로 그녀의 시 작품은 보이지 않는다.

풍류기개는 산수의 주인이셨고
경술문장은 재상의 재복이셨네
십오 년을 살다가 오늘 눈물을 흘리니
산과 바다 무너지니 누구에게 갚을꼬!

연천이 돌아간 후 운초는 자신과 같은 처지의 여성들, 즉 시재가 뛰어난 몇몇 소실들과 서로 모여 시를 주고 받으며 지냈던 것으로 보인다. 그들은 용산에 위치하여 한 눈에 한강이 내려다 보이는 삼호정(三湖亭)이란 정자에 가끔 모여 시로써 서로의 마음을 주고 받았다. 요즘으로 말하면 시단((詩壇)과도 같은 성격의 모임이었다.

그들은 기녀나 서녀 출신으로 모두 소실로 있었기 때문에 자녀의 문제나 시집과의 문제 등이 큰 관심사는 되지 않았다. 그래서 어떻게 보면 정신적으로 대단히 자유로운 상태였기 때문에 활발한 시작활동을 할 수 있었을지도 모른다.

이때 운초와 제일 친하게 지낸 사람은 경산(瓊山)이었으며 또 금원(錦園), 죽서(竹西), 경춘(瓊春) 등이 있다. 이들 중 한 사람인 금원의 호동서락기(湖東西洛記)라는 글을 보면 이들 다섯 사람이 자주 모여 놀며 시를 지었다고 하는 기록이 있다. 이 기록의 연대 하한선이 1851년이므로 운초는 1851년까지는 살았던 것으로 생각된다. 그녀의 나이 50여 세였다. 그러나 정확하게 운초가 언제 세상을 떠났는지는 알 수 없다. 다만 천안군 광덕면에 있는 김이양의 무덤 아래에는 그 마을 촌로들에 의해서 운초의 것이라고 전해오는 작은 무덤 하나가 남아있을 뿐이다.

## 2. 운초 시의 특질

운초는 그 신분이 기녀였고 또 후에는 소실의 위치에서 살았지만 결코 나약하거나 애상적이지 않고 밝고 활달한 성품을 지녔던 것으로 보인다. 그것은 운초의 집안이 혹 가난했을지는 몰라도 유학자로서의 긍지를 가지고 있었고 아울러 운초 자신이 자기의 시재에 대하여 자부심을 지니고 있었던 데 연유하는 것으로 생각해 볼 수 있다. 어떻든 운초는 현실에 대하여 긍정적이었고 삶의 자세에 있어서도 적극적이었으며 따라서 그녀는 자신의 시적인 세계를 외부를 향하여 열어놓고 있었다. 그러므로 시의 소재나 제재의 선택도 비교적 다양하였고 그 대상물에 대해서도 객관적 거리를 유지하고 있다.

> (전략)
> 인생사 그런 대로 좋은 구경 실컷 할 뿐이니
> 이래서 좋은 곳 찾아 봄놀이 한다.
> 좋은 날이라 다시 밟는 나그네 있으리니
> 아이 시켜 문 열어두라 한다.
> 〈정월 대보름날 삼가 축중(軸中)의 운에 차운하면서〉

위 시의 마지막 구절인 '아이 시켜 문 열어두라 한다'에서 볼 수 있는 것처럼 운초는 외부세계를 향하여 자신의 마음을 열어놓고 있다. 그리고 이처럼 밖을 향하여 열어놓은 정신적 활력을 운초는 좀 더 넓은 세계를 이루는 데 쓰고 싶어한다.

가을 호수 십 리를 에운 산들
맑은 노래 부르며 단청한 난간에 기대니
넘실대며 다락 앞을 흐르는 물은
마침내 바다로 가서 파도가 되리.
〈무진대(無盡臺)에서〉

이처럼 운초는 건강하고 밝은 시적세계를 지녔기에 자신의 감정을 표현하는 데에도 절제를 할 줄 알았다. 그녀는 시를 짓는 것 자체도 결코 함부로 짓지 않으려고 노력했다.

반짇고리는 붓걸이를 겸하였고
누에치는 일 대신 글씨를 쓰네.
책 펴놓고 시를 짓고 싶지만
남의 시 주워 모으기란 역겨운 일이네.
〈자조(自嘲)하며〉

또한 시를 짓는 데 있어서도 항상 마음을 다독이면서 자적(自適)하려 노력하였다.

(전략)
한가하기는 비록 둥지의 새 같지만
마음 다독이기는 도리어 방황하는 쑥대이어라.
억지로 책을 잡고 그런 대로 자적하려니

선교(仙橋)의 고요한 달이 발[簾] 안을 비쳐준다.
〈고향에 돌아와서〉

이와 같은 그녀의 감정의 절제는 연천과의 관계에 있어서
도 잘 나타난다. 부부라고는 하지만 운초는 소실이라는 위치
에 있었고 신분 문제에 있어서도 갈등의 소지가 많을 수도 있
었다. 그러나 그녀는 기본적으로는 애정을 깔고 있으면서도
이지적인 거리를 유지하면서 초극할 수도 있다는 입장을 견
지하고 있었던 듯하다.

남녀간의 만나고 헤어짐이 모두 인연에 따름이니
파산(巴山), 패수(浿水)가에 멍하니 서 있네.
솔 두른 가시넝쿨 본래 유약한 바탕도 잊어버리고
우물 속 못난 자라 높은 하늘 우러른다오.
제대로 내 마음 알아주는 기쁨 고맙게 여길 일이지
서로 어긋나 내 나이 늙기 전 임을 어찌 한하리
원컨대 여생을 이렇게 지낸다면
일평생의 회포는 시편(詩篇)에나 의탁하노라.
〈삼가 차운하며〉

그리고 이처럼 이지적인 면모를 지니고 있었던 운초인지라
그녀의 시에는 사색과 관조의 세계가 잘 나타나고 있다.

우뚝 속은 정자에 맑은 기운 가득하여
여린 마음 활달케 되니 맑은 물에 비길 만하다.
〈중략〉
밤이 고요하니 바람도 촛불에 불어오는 듯하고

달이 밝으니 학은 글 읽는 소리에 화답하는 듯하다.
아득히 거울 바라보니 문득 그 경계 잊을 지경이라
온갖 물상이 내 밝은 마음자리에 돌아와 비친다.
〈추구월에 오강루(伍江樓)를 나서며)〉


　가을의 맑은 기운 앞에 인간의 보잘 것 없음을 수심스러워
하기 보다는 자신의 심상을 정화시켜 나가는 과정을 그려가
고 있다. 운초는 물, 달, 거울 등의 대상물을 통하여 자기의
정서를 투명하게 드러내 보이고자 하였다. 그렇게 비추어 자
기를 성찰해 보니 무엇이 환상이고 무엇이 진정인지, 그리고
무엇이 무애(無涯)이고 무엇이 유애(有涯)인지 다시 생각하게
된다. 물론 해답은 그 누구도 제시해 줄 수 없다. 다만 늙은
어부를 따르는 수밖에.


　　환상의 세계를 진경(眞境)으로 여기지 말라
　　자칫 무애를 유애와 혼동케 된다.
　　우리들 여생 그리는 것 무엇이겠나?
　　단지 늙은 어부나 따를 수밖에.
　　〈일벽정(一碧亭) 시회에서〉


### 3. 운초집에 대하여

　운초의 시가 수록되어 있는 시집으로는 필사본《운초집》이
3종 있고(국립도서관 소장본, 한국정신문화연구원 소장본, 송준호 교수
소장본), 민병도(閔丙燾) 선생이《조선역대 여류문집》(朝鮮歷代女
流文集 : 을유문화사, 1950)을 통하여 소개한 운초집이 있다(이것
은 시인인 안서(岸曙) 김억(金億)이 소장한 필사본을 저본(底本)으로 했다
고 하는데 그 필사본은 지금 확인할 수가 없다. 그러나 지금 전해지는 운초

집으로는 가장 내용이 풍부하다).

한국정신문화연구원에 소장되어 있는 《운초집》은 후파거사 (後坡居士) 신성원(申聲元)이란 사람이 1861년 봄에 필사한 것이다. 끝에 '충청우도 예산(禮山)'이라고 써있어서 이 필사본이 예산에서 필사된 것임을 알 수 있으며 따라서 이것은 운초의 후기시라고 할 수 있다. 그리고 국립도서관 소장본 등 다른 필사본들이 다 이 계통에 속하는데 그 중에서 《조선역대 여류문집》에 소개되어 있는 김억 소장본의 내용이 가장 풍부하다.

또 다른 이본(異本)으로 성천 사람인 김호신(金鎬信)이 편찬한 《부용집》이 있다(국립도서관 소장). 이것은 편찬자가 서문에서 밝힌 것처럼 성천군 삼덕면(三德面) 대동리(大洞里) 오씨 문중에 소장되어 있던 것을 활자본으로 펴낸 것이다. 성천에서 전해진 것으로 보아 운초가 기녀로서 성천에 살 때 쓴 작품들인 것 같다. 여기에는 운초의 대표적 작품으로 알려져 있는 〈층시(層詩)〉가 들어 있다. 그러므로 김호신 편 《부용집》과 조선역대여류문집의 《운초집》을 합치면 운초의 전 생애에 걸친 작품집이 될 것이다. 마지막으로 운초의 대표작으로 꼽히는 〈층시〉의 앞부분을 소개하면서 이 글을 마치고자 한다.

| | |
|---|---|
| 여의니 | 別 |
| 그리워, | 思 |
| 길은 멀고 | 路遠 |
| 소식 늦네. | 信遲 |
| 마음은 거기 | 念在彼 |
| 몸은 여기에, | 身留玆 |
| 수건과 빗에는 눈물 | 巾櫛有淚 |
| 님 오실 기약은 없네. | 扇環無期 |

# 原詩題目 찾아보기